JN140110

西尾勝彦

あわいのひと

あわいのひと

この星では
ときどき
なつかしい風が
吹いていますね

僕のセーターの袖
月のしるしが
ほのぼのと光りはじめた

ふゆの日
月子さんと僕は
ほどよい
おそさで歩いていた

黄色い月が
つややかな液体のように
うかんでいる
ふるえる空気は
しみしみ音がして
木霊たちも
集まりだしたようだ

くらがりに
鹿のひとみが光る

しばらくすると
あかりこぼれる町に
ちかづいてきた
僕が
いつもよりちいさな声で
　どこに向かっているのかな　と
きくと
　はじめての場所に
月子さんは
ほほえんで言った

まぼろしとひと
ひとひとまぼろし
それらを
そっとつなぐひと

月子さんは
よくわからない行動がおおい

カステラと
バームクーヘンをいっしょに食べたり
ゴンチャロフを
なんども読みかえしたり
雪だるまを
冷凍庫で保存したり
夜ふけに
ひとり山に登ったり
こたつと
なにかを相談したり
庭にでて
知りあったばかりの小鳥を

あたまにのせ
くるくるまわったりしている

どうして
そんなことをしているの　と
きいても
自分を
おどろかせているのですです　と
いうことだった
なんのことかわからなかった

ふゆの森陰
ひっそり暮らす
うぐいすたち
枯れ葉のなかで
ぱたぱたしている
たのしい

あなたにわからないことを言ったのか
わたくしにはわからないのです

迷路のような
緑の路地
そのすきまに
あわいのひとの
ささやかな住処はあった

三寸角ほどの紙の表札は
すっかりふやけていて
ふしぎな記号が
いくつか書かれていた
僕には
手がかりにならなかったが
月子さんは
足をとめた

ちいさな前庭に
侘助が咲いて
万両の実が赤くねむる

ふたりたたずんでいると
ふっとなかの燈がついた
　こんばんは
引き戸を開けると
きじ白の猫と
瞳すずしいあわいのひとが
ふらふらっとあらわれたのだった

たしかに
はじめての場所
はじめてのひとたちであった

窓あかりの部屋には
こたつと座布団
それから
あたたかなお茶が用意されていた

磨り硝子越しの月光
やわらかに
わたしたちを
照らしていた

この世には
まれに物質的なこの世界に
なじめないひとがいます

三月の土の
精霊たち
たんぽぽを咲かせ
しずかに離陸していく

昼すぎに
ことこと亀が鳴いて
ようやく
目がさめる

みんな
ひとりずつ消えていく
その前に
この世に存在している

できるだけ
肩を寄せあって
おだやかに
やすらぎにみちるように

あ

それはひとのようなひとですね
月子さんのはなしをきいて
あわいのひとは
ふふっとうなずいている
ひとのこころに
そのまま言の葉をおくるのです
急にくるから……
こまったひとですよね

月子さんの編んだ
うす桃色のセーターを
あわいのひとはきてにあっていた
袖のめだたないところに
月のしるしがあったから

月子さんによると
あわいのひとは
エスペラント語の文通仲間らしい
彼女は読書家で
メイ・サートンがすきらしい
そして
植物や鉱石と
はなしができるそうだ
ほんとかな

それから
ひとのようなひとと
交感できる数少ないひとらしい
だれですかそれは

で

ひとのようなひととは

どんなひとなのですか　と

僕がそのままにきいてみた

食パンが焼けるほどの沈黙のあと

あわいのひとは

　かろやかなひとですね……

　くうきのようにかろやかすぎて……

とのことだった

なんのことかわからなかった

この世界をいつくしむように
月子さんは歩いている

ぽたぽたと
猫がよってきて
そのままねむる日

僕はときおり
詩を書いています
でも
そのほとんどを
抽斗にしまっています

たまに詩を朗読して
月子さんに
聞いてもらうことがあります
先日
彼女は
目をつむって聞いているので
ねむっているのかなとおもいきや
朗読がおわると

まだねむたい朝のよう　と

すなおな
返事をしてくれました
ありがと

いずれ
わたしは
いなくなるのです
このうつくしい世界から
きえさってしまうのです

その前にできることは
あたたかいものたちを
こしらえることなのです

家じゅう
やわらかい糸玉が
ころころしている
なぜか
たまに
ぜんぶ浮遊していることもある
僕は
ふわふわそれらをよけながら
冷蔵庫にたどりつく

とはいえ
ほんじつの月子さんは
こたつの上に
カステラと
バームクーヘンに

紅茶をならべていただけだった
ながらく目をつむって
なにかをうけとめているようにもみえた
で
そのままねむってしまった
すやすや
おやすみなさい

そうですね
言葉から
すこし遠ざかると
よいかもしれません

ねむりの春に
そよ風のふく

気がつくと
僕はこの世で
なんとなく
うまく生きられないような
ひとになっていたのです
でも
そんなことを
まったく
気にしていないひともいて

そのひとは
この世を
この世とおもわなければよいのですよ　と
眠たそうに
ふしぎなことを言ったりして

あわいのひとは
月子さんに
もうすこしくわしいことなどを
おしえているようだった
ふたりおたがい
ふんふんとたのしそうに
うなずき合っている
でも
とちゅうで
声ではなくてほかの方法で
ふたりはつうじあっているようにみえた
しかたなく
僕はきじ白の猫のせなかを
なでていた
ずっと

ごろごろしていたい

どうやら月子さんは
ひとのようなひとから
手編み帽子の注文を
うけたようだった

リクエストは
あたまから
水がわきだすような帽子だそうだ
みんなおかしいのかな

庭で小鳥たちとあそぶ
あのひとは
春風の
生まれかわり
なのかもしれない

この幻想を
そのまま
うつくしいまぼろしとして
気づいたら
あなたは
おろかなひとと
呼ばれてしまいますよ

それでも
いいのですか

いちど
ひとのようなひとに
会いにいくことになった
月子さんが
帽子の色あいや
もろもろの相談をしたいそうだ

　あなたもついてきてね　と
月子さんが言う
僕は
だまっていたけれど
まだねころびが足りないとおもっていた

わたくしは
まいにち祈って生きています

それが
わたくしにできることのすべてなのです

わたくしは
この世の
じゅんすいなひとを感受します

そのひとのなかに
まだ気づかれていない
ほのかなひかりを
見いだすのです

そして
はるかな時間をへて
それを発光させるのです

そのひとは
そのひかりをたよりに
生きてゆきます

森のなかで
ひとのようなひとに
出会った
しろく半透明なぶぶんがあって
なんども目をこすった

ひとのようなひとは
くつくつと
しずかにわらっている
うながされて
話しかけると
未知の言語で
こたえてくれた
はっせられた言葉は

ぽ
ぽ
ぽ
ぽ
ぽ

と
ちいさな花となってあらわれ
そのまま
うすらいでいった

ふく
おだやかにしろく
葉かざり
さらさらゆれて
ひとみ
水のしたたるばかりにかがやき
その風貌は
ひとともおもえなかった

ひとのようなひとは
指で地面になにかを書いていた

風あたたかに春の色
たたずむ月子さんのうしろ姿

いつも
たよりなげなものたちとか
ほんとうの
おろかさなどが
ときにとてつもない光をもたらすことがあります

そのひとの言葉は
森のしずけさのためか
ききとれなかった
なにも言わなかったのかもしれない
それなのに
僕のこころは
かすかなかるみを得ていた
花粉を
もらったのかもしれなかった

四月の風
ひかりながら
僕の袖を通りすぎてゆく

あわいのひと

二〇二五年一月二三日　発行

著者
西尾勝彦

発行者
後藤聖子

発行所
七月堂

154-0021 東京都世田谷区豪徳寺 1-2-7
TEL 03-6804-4788
FAX 03-6804-4787

装丁・組版
川島雄太郎

印刷・製本
渋谷文泉閣

ISBN 978-4-87944-599-5 C0092